Akcja książek rozgrywa się
w małym szwedzkim
miasteczku Valleby i jego okolicach.

Główni bohaterowie, Lasse i Maja,
chodzą do tej samej klasy
i wspólnie prowadzą
małe biuro detektywistyczne.

Biuro Detektywistyczne Lassego i Mai:

Tajemnica diamentów, Tajemnica hotelu,
Tajemnica cyrku, Tajemnica kawiarni,
Tajemnica mumii, Tajemnica kina, Tajemnica pociągu,
Tajemnica gazety, Tajemnica szkoły, Tajemnica złota,
Tajemnica zwierząt, Tajemnica meczu, Tajemnica szafranu,
Tajemnica biblioteki, Tajemnica miłości, Tajemnica kempingu,
Tajemnica galopu, Tajemnica szpitala, Tajemnica pływalni,
Tajemnica urodzin, Tajemnica wyścigu, Tajemnica pożarów,
Tajemnica więzienia, Tajemnica mody, Tajemnica zamku

oraz:

Brązowa księga. Detektywistyczne łamigłówki Lassego i Mai,
Srebrna księga. Detektywistyczne łamigłówki Lassego i Mai,
Złota księga. Detektywistyczne łamigłówki Lassego i Mai,
Pamiętnik detektywa,
Wakacje z Lassem i Mają. Co się nie zgadza?,
Teatr z Lassem i Mają

w przygotowaniu:

Tajemnica srebra

Wydawnictwo Zakamarki
ul. Romana Maya 1, 61-371 Poznań
www.zakamarki.pl

Tytuł oryginału: *Guldmysteriet*

First published in 2006 by Bonnier Carlsen Bokförlag, Stockholm, Sweden
Published in the Polish language by arrangement with
Bonnier Group Agency, Stockholm, Sweden

Redakcja: Katarzyna Skalska, Agnieszka Stróżyk
Korekta: Paulina Biczkowska

Poznań 2018
Wydanie pierwsze, nakład piętnasty
Druk: Edica
ISBN 978-83-60963-86-9

Biuro Detektywistyczne
Lassego i Mai

Tajemnica złota

Martin Widmark
Helena Willis

przełożyła ze szwedzkiego
Barbara Gawryluk

ZAKAMARKI

SZKOŁA
UL. MUZEALNA
Muzeum
M
KIOSK
UL. KOŚCIELNA
Poczta
Poczta
ZŁOTO
HOT DOG
N
W
E
S
BIURO
LASSEGO I MAI

Mapa Valleby
PORT
Gazeta valleby
BIBLIOTEKA
G.V. RED.
RYNEK
Hotel
café
KINO RIO

PORT
BENZYNA
VALLEBY
UL. DWORCOWA
UL. KUPIECKA
PRZEDSZKOLE
SUPER SAM
S S
BANK
ZOO
UL. KUPIECKA
UL. SZPITALNA
SZPITAL 1 KM
P
Pływalnia

Osoby:

Maja

Lasse

Komisarz policji

Dyrektor banku
Per Krage

Księgowy
Rutger Brzózka

Szefowa ochrony
Maria Gonzales
de la Cruz

Rozdział 1

250 kilogramów czystego złota

Jest gorące lipcowe popołudnie. Lasse, Maja i komisarz policji stoją na nabrzeżu portowym. Przyglądają się, jak ze statku wyładowywana jest drewniana skrzynia.

– To złoto – mówi komisarz. – Dwieście pięćdziesiąt kilogramów czystego złota!

– Ciekawe, ile jest warte – mówi Lasse.

– Hmm… – zastanawia się komisarz, poprawiając czapkę. – Myślę, że około dziesięciu, dwunastu milionów koron.

– Ojej! – na Lassem suma robi wrażenie.

– Ale właściwie dlaczego złoto przysłano do Valleby? – pyta Maja.

– Złoto jest tu przejazdem – tłumaczy komisarz. – Jutro zostanie przetransportowane pociągiem do większego banku. Ale dziś w nocy to my za nie odpowiadamy.

– Gdzie będzie przechowywane? – pyta Lasse.

– W bankowym skarbcu – mówi komisarz – najbezpieczniejszym miejscu w Valleby.

Skrzynia ląduje obok drugiej identycznej skrzyni na platformie ciężarówki.

NORA

Do komisarza podchodzi ciemnowłosa kobieta w mundurze. Salutuje, a komisarz odpowiada w ten sam sposób.

– Maria Gonzales de la Cruz – mówi kobieta i uśmiecha się do komisarza. – Szefowa ochrony banku.

– Randolf Larsson – przedstawia się komisarz. – Miło mi. Ale pani chyba od niedawna na tym stanowisku? Nie widziałem pani wcześniej.

– Pracuję od trzech tygodni – uśmiecha się szefowa ochrony. – A teraz potrzebuję tutaj pana podpisu! – mówi i podsuwa komisarzowi jakiś świstek.

– Co to za papier? – pyta zaciekawiona Maja.

Staje na palcach, żeby zobaczyć, co podpisuje komisarz. „Złoto, 250 kg" – czyta. Więcej nie widzi, bo przeszkadza jej kciuk strażniczki.

– List przewozowy – mówi Maria Gonzales de la Cruz i uśmiecha się do Mai.

– Czyli dokument, który jest dowodem na to, że przyjęliśmy złoto – tłumaczy komisarz i podpisuje się u dołu kartki.

Szefowa ochrony odrywa żółtą kopię i podaje ją komisarzowi, który wkłada kwit do kieszeni munduru.

– No, to jedziemy do banku – mówi Maria Gonzales de la Cruz i wsiada do ciężarówki.

– Dzieci, jedziemy! – Komisarz wskakuje na rower. – Do banku!

BANK

Kiedy Lasse, Maja i komisarz docierają na miejsce, szefowa ochrony wwozi do banku drugą skrzynię. W pobliżu stoi łysy mężczyzna w szarym garniturze. Wygląda na bardzo zdenerwowanego.

– Uważaj, Mario, żeby nie spadła – mówi do strażniczki.

– Może potrzebuje pani pomocy? – pyta komisarz.

Mężczyzna w szarym garniturze patrzy zaskoczony na komisarza. Lasse i Maja widzą, że jest bardzo zaniepokojony. Ale trudno się dziwić – złoto jest warte strasznie dużo pieniędzy.

– Dziękuję, to miło z pana strony, ale poradzę sobie – dyszy Maria, mijając komisarza, i znika w banku.

Maja opiera swój rower o ścianę budynku i zagląda przez okno do środka. Widzi, jak szefowa ochrony pcha wózek ze skrzynią w kierunku dużego bankowego skarbca. Maja patrzy na zegarek. Jest za dziesięć szósta.

Potem widzi, jak Maria Gonzales zaczyna zamykać ciężkie drzwi do skarbca.

– No, widzę, że komisarz przyszedł, żeby mieć wszystko pod kontrolą – mówi mężczyzna w szarym garniturze.

Podchodzi do komisarza i podaje mu rękę na przywitanie.

– To dyrektor banku, Per Krage – mówi komisarz do Lassego i Mai.

Maja znowu zagląda do środka. Strażniczka stoi przy drzwiach skarbca z uniesionymi rękami. Maja przybliża twarz do szyby, ale nie jest w stanie zobaczyć, co właściwie robi odwrócona do niej tyłem Maria Gonzales.

– To wielki dzień dla naszego małego banku w Valleby – mówi komisarz.

– I nerwowy – przyznaje dyrektor banku Per Krage. – Żeby tylko nic się nie stało!

Per Krage wyciera czoło chustką do nosa.

BANK

Rozdział 2

Caramba, co za pogoda!

Komisarz poklepuje dyrektora banku po ramieniu.

– Ale co by się mogło stać? – pyta.

– No, właściwie to nic – odpowiada Per Krage. – Mamy pełne wyposażenie potrzebne do bezpiecznego przechowywania złota. Skarbiec i monitoring. Ale i tak się denerwuję! A jeśli coś się stanie w nocy?!

– Drzwi do skarbca wyglądają na bardzo ciężkie – uspokaja dyrektora Maja.

– Trzeba mieć do nich odpowiedni klucz i znać kombinację cyfr – wyjaśnia dyrektor.

– I tylko pan ma klucz i zna ten kod? – pyta komisarz.

– Dokładnie tak – odpowiada dyrektor i klepie się po kieszeni, w której pobrzękuje pęk kluczy.

Lasse wyjmuje notatnik i długopis i pyta:

– Kto jest zatrudniony w banku?

– Czy to przesłuchanie? – dyrektor śmieje się nerwowo.

Komisarz uśmiecha się i pokazuje na Lassego i Maję.

– Przepraszam, ale zapomniałem przedstawić moich asystentów.

To jest Lasse, a to Maja. Pomogli mi rozwiązać wiele trudnych spraw.

– Miło poznać – mówi dyrektor.

Poprawia krawat i zagląda do banku. Potem zaczyna opowiadać o pracownikach.

– W banku zatrudnione są trzy osoby. Ja jestem dyrektorem, a Maria Gonzales de la Cruz jest szefową ochrony. Pracuje tu od trzech tygodni, jest bardzo zaangażowana i sumienna.

– I silna – dodaje komisarz z podziwem. – Te skrzynie nie były lekkie.

To było widać!

– Maria pochodzi z Hiszpanii – mówi dyrektor. – „*Caramba*, co za okropna pogoda!”

to jej ulubione powiedzenie, nawet jeśli jest ciepło i słonecznie, tak jak dziś.

– Wspominał pan o trzech osobach, prawda? – dopytuje się Maja.

– Tak, oprócz mnie i Marii jest jeszcze Rutger Brzózka – wyjaśnia dyrektor. – Rutger jest księgowym i pilnuje wszystkich papierów. Pracuje tu od wielu lat i niedługo przejdzie na emeryturę. Nie może się już doczekać. Skarży się, że całkiem osiwiał od tych wszystkich cyfr i rachunków.

Lasse, Maja i komisarz rozglądają się, ale nie widzą trzeciej osoby. Dyrektor zauważa ich spojrzenia i dodaje szybko:

– Nie, nie ma go dzisiaj w pracy. Rutger… miał iść do lekarza. Skarżył się, że boli go kolano.

– A monitoring dziś wieczorem też oczywiście zostanie włączony? – upewnia się komisarz.

– Oczywiście – odpowiada Per Krage. – Kamera rejestruje wszystko, co dzieje się w banku od szóstej wieczorem do ósmej rano, kiedy przychodzę ja. I wszystko jest zapisywane w naszym komputerze. Każdy, kto zbliży się do drzwi skarbca, zostanie sfilmowany.

Maja znowu spogląda na zegarek. Kamera monitoringu włączy się za cztery minuty.

– To wszystko wydaje się bardzo bezpieczne – mówi zadowolony komisarz. – Myślę, że może pan spać spokojnie dzisiejszej nocy, dyrektorze. A jutro złoto zostanie wysłane pociągiem w dalszą drogę i w pana banku znów zapanuje spokój.

– Chciałbym, żeby już było po wszystkim – wzdycha dyrektor banku i znowu wyjmuje z kieszeni chustkę, którą wyciera czoło.

W tym momencie z banku wychodzi szefowa ochrony Maria Gonzales de la Cruz.

– Czas zamykać, dyrektorze – mówi. – Zostały dwie minuty do włączenia się kamery.

Dyrektor Per Krage wchodzi do banku. Maja zagląda przez szybę i widzi, jak dyrektor idzie w kierunku skarbca.

– *Ay, caramba*! *Señor* komisarz! Co pan myśli o pogodzie? – woła Maria Gonzales de la Cruz.

Komisarz patrzy na słońce, które nadal stoi wysoko na niebie, i odpowiada:

– Uważam, że ten upał jest już trochę nieznośny.

Wtedy Maria zaczyna przytupywać na chodniku. Obcasy jej małych czarnych bucików wydają głośny stukot. Szefowa ochrony prostuje plecy i pstryka palcami.

Komisarz, Lasse i Maja patrzą na nią zaskoczeni. Co ona robi?

– Flamenco! – woła Maria Gonzales de la Cruz i w tanecznych obrotach zbliża się do komisarza. – Muzyka i serce Południa! *Señor*, pan byłby znakomitym tancerzem flamenco.

Strażniczka przytula się ciasno do komisarza, który wygląda na bardzo zawstydzonego.

– No nie wiem, nie wiem – mówi zmieszany. – Nigdy nie byłem mocny w tańcu.

Komisarz przełyka głośno ślinę i wyjaśnia:

– Wolę zapasy… Może pokazać pani kilka chwytów?

BANK
P
VB
VB
STO 326

Ale zanim udaje mu się wypróbować na strażniczce pierwszy chwyt, z banku wychodzi dyrektor.

– No, to skarbiec jest zamknięty, a monitoring włączony – mówi. – Teraz możemy iść do domu i trzymać kciuki, żeby w nocy nic się nie wydarzyło.

Dyrektor banku Per Krage i szefowa ochrony Maria Gonzales de la Cruz razem oddalają się ulicą Kupiecką.

Lasse, Maja i komisarz policji wsiadają na rowery, a komisarz mruczy pod nosem:

– *Caramba*! Co za kobieta!

Rozdział 3

Złoto zniknęło!

Następnego dnia rano Lasse i Maja pędzą na rowerach w kierunku banku. Chwilę wcześniej komisarz wykrzyczał do telefonu:

– Złoto zniknęło!

Lasse i Maja ostro hamują pod bankiem na ulicy Kupieckiej i wbiegają do środka przez otwarte szeroko drzwi. Za pulpitem siedzi komisarz i wpatruje się w ekran komputera.

– Co się stało? – pyta Maja.

– Całe złoto zniknęło! – jęczy komisarz.

– Ale jak to możliwe? – pyta Lasse.

KASA 1
INFORMACJA
FUNDUSZE EMERYTALNE
1
KREDYTY HIPOTECZNE
2
KONTA OSOBISTE
3

Komisarz kręci głową i mówi:
– Nie wiem. Zadzwoniłem do centrali i poinformowałem ich, co się stało. To bardzo poważna sprawa. Zobaczcie tylko!

Lasse i Maja wchodzą za pulpit i patrzą komisarzowi przez ramię. Na ekranie widać wnętrze banku.

– To film z monitoringu – wyjaśnia komisarz.

– Jeśli złoto zostało skradzione, to złodziej musi być na nagraniu – mówi Maja.

– I to jest właśnie dziwne – odpowiada komisarz. – Przejrzałem wszystko, od momentu włączenia monitoringu wczoraj o szóstej wieczorem do ósmej rano dzisiaj, kiedy kamera została wyłączona.

– I...? – pyta Lasse.

– I nic – odpowiada komisarz.

– Jak to, nic? – dziwi się Maja. – Złoto nie mogło wyfrunąć ze skarbca.

– Nic nie rozumiem – wzdycha komisarz. – Skarbiec jest pusty, złoto zniknęło, a kamery nic nie zarejestrowały!

– A gdzie są pracownicy? – pyta Lasse. – Dyrektor banku, szefowa ochrony, księgowy?

Komisarz wyjmuje z kieszeni munduru kopertę.

– Zobaczcie sami – mówi i podaje ją Mai. – Leżała w skarbcu na podłodze.

Maja otwiera kopertę, wyjmuje z niej kartkę i czyta na głos.

– Pracownicy zostali porwani! – wykrzykuje Lasse. – To straszne!

ZIARNO
ZIARNO
OTWARTE
9 - 18
75:-
75:-
KARMA DLA PSÓW
KARMA DLA PSÓW SUCHA 275 g
KARMA DLA PSÓW SUCHA 275 g
AKWARIUM 95:-
150:-
PIASEK DLA KOTÓW
PIASEK DLA KOTÓW

– I w dodatku złodzieje grożą, że jeśli urządzimy pościg, coś złego może się stać Perowi, Marii i Rutgerowi – mówi Maja.

– Ale kto odkrył, że nie ma złota? – pyta Lasse.

– Właściciel sklepu zoologicznego z tej ulicy. Przechodził obok banku zaraz po ósmej rano. Zobaczył, że drzwi są otwarte, ale w środku jest ciemno. Dlatego nie odważył się wejść, tylko zadzwonił na policję, zaraz jak dotarł do swojego sklepu. Kiedy tu przyjechałem, drzwi do skarbca były otwarte, a złoto zniknęło!

Lasse i Maja patrzą przez chwilę na monitor komputera. Na filmie widać zamknięte drzwi do skarbca. Komisarz przewija film tam i z powrotem, ale nie widzą na nim nic niepokojącego. W końcu komisarz gasi monitor.

– To bardzo dziwne – mówi Lasse. – Drzwi nie były otwierane przez całą noc, a złoto i tak zniknęło!

– Muszą tam być jeszcze jedne drzwi – mówi Maja.

– Jeszcze jedne drzwi? – dziwi się komisarz. – Jak to?

– Jeśli ktoś wyszedłby ze skarbca ze złotem, zostałoby to sfilmowane, prawda?

– Tak, zgadza się – odpowiada komisarz.

– Dlatego złoto musiało zniknąć w inny sposób. Chodźmy przyjrzeć się skarbcowi.

Maja i komisarz wchodzą do skarbca.

Lasse zostaje przy pulpicie. Obok komputera znajduje się czerwony guzik. Przy nim, na małej tabliczce, widnieje napis: KAMERA. Lasse rozgląda się po banku i jego wzrok pada na kamerę umieszczoną na ścianie przy drzwiach wejściowych.

Lasse naciska guzik i wtedy na kamerze zapala się czerwona lampka. Na monitorze pojawia się wnętrze banku.

Lasse wyjmuje swój notatnik i długopis. Zaczyna rysować plan banku. Rysuje skarbiec i pulpit, za którym siedzi. Na koniec rysuje kamerę na ścianie.

Maja i komisarz zaczynają badać wszystkie ściany w środku skarbca. Potem sprawdzają podłogę i sufit.

124
123
128
122
127
121
126
132
125
131
130
135
129
133
136

Stukają i pukają, żeby odnaleźć ukryte drzwi albo dziurę, przez którą można było wykraść złoto.

Wysoko na szafie pancernej Maja dostrzega zwój szarego płótna, ale poza tym nic nie znajdują.

Na środku skarbca stoją dwie drewniane skrzynie, które dzień wcześniej postawiła tu szefowa ochrony Maria Gonzales de la Cruz. Maja i komisarz podnoszą pokrywy i widzą, że skrzynie są puste.

Maja siada na jednej, a komisarz na drugiej skrzyni.

– To naprawdę tajemnicza sprawa – mówi komisarz. – Jak, u licha, złoto mogło zniknąć z zamkniętego skarbca, strzeżonego przez monitoring?

Maja przypomina sobie, że komisarz włożył do kieszeni munduru kopię listu przewozowego. Czyli dokument, który podpisał w porcie.

– Czy mogę zobaczyć list przewozowy? – pyta Maja i pokazuje na kieszeń munduru komisarza.

Komisarz patrzy na nią trochę zdziwiony, ale szpera w kieszeni, wyciąga kwit i podaje go Mai.

Maja czyta z żółtej kartki: „Rodzaj towaru: złoto. Waga: 250 kg. Liczba paczek: 1. Podpis: Randolf Larsson".

Dwieście pięćdziesiąt kilogramów złota, zastanawia się Maja, warte ponad dziesięć milionów koron – znika. To okropne! Złoto miało być w Valleby tylko jedną noc.

Ale nagle coś jej przychodzi do głowy i jeszcze raz patrzy na list przewozowy. Wyraźnie jest tu napisane j e d n a paczka, a to znaczy j e d n a skrzynia!

– Mamy tu o jedną skrzynię z a d u ż o – mówi do komisarza.

Rozdział 4

Maja, pomachaj do kamery!

Komisarz patrzy na Maję i ciężko wzdycha.

– To przecież wiem! – mówi.

– Co? Wiedział pan o tym? – Maja patrzy zaskoczona na komisarza.

– Jasne, że tak. Ani jedna z tych skrzyń nie powinna się tutaj teraz znajdować. O tej porze obie skrzynie pełne złota powinny być już w pociągu.

Maja podsuwa kwit komisarzowi i prosi, żeby dokładnie go przeczytał.

A kiedy komisarz studiuje dokument, dociera do niego, co Maja ma na myśli.

– Jedna ze skrzyń w ogóle nie powinna tu trafić! – powtarza Maja, pokazując na skrzynie, na których siedzą.

– Ale po co robić sobie taki wielki kłopot i transportować tutaj dwie wielkie skrzynie, jeśli tylko w jednej jest złoto? – pyta komisarz.

– Prawdopodobnie dlatego, że ta druga zawiera coś bardzo ważnego – odpowiada Maja.

– Ale co takiego? – zastanawia się komisarz.

– Nie mam zielonego pojęcia – mówi Maja. – Jednak podejrzewam, że ma to związek ze zniknięciem złota.

Razem z komisarzem zeskakują na ziemię. Jeszcze raz otwierają obie skrzynie. Komisarz zagląda do jednej, a Maja do drugiej.

– Zupełnie pusto – mówi komisarz.

– Tu też – odpowiada Maja – chociaż…

Maja zagląda głębiej do skrzyni. Co tam leży w rogu? Włos! Krótki, siwy, kręcony włos. Maja pokazuje znalezisko komisarzowi.

– To pewnie włos kogoś, kto pakował złoto do skrzyni – mówi komisarz – bo takich włosów nie ma ani dyrektor banku, ani szefowa ochrony.

– A księgowego Rutgera Brzózki nie było tu wczoraj, bo poszedł do lekarza – dodaje Maja.

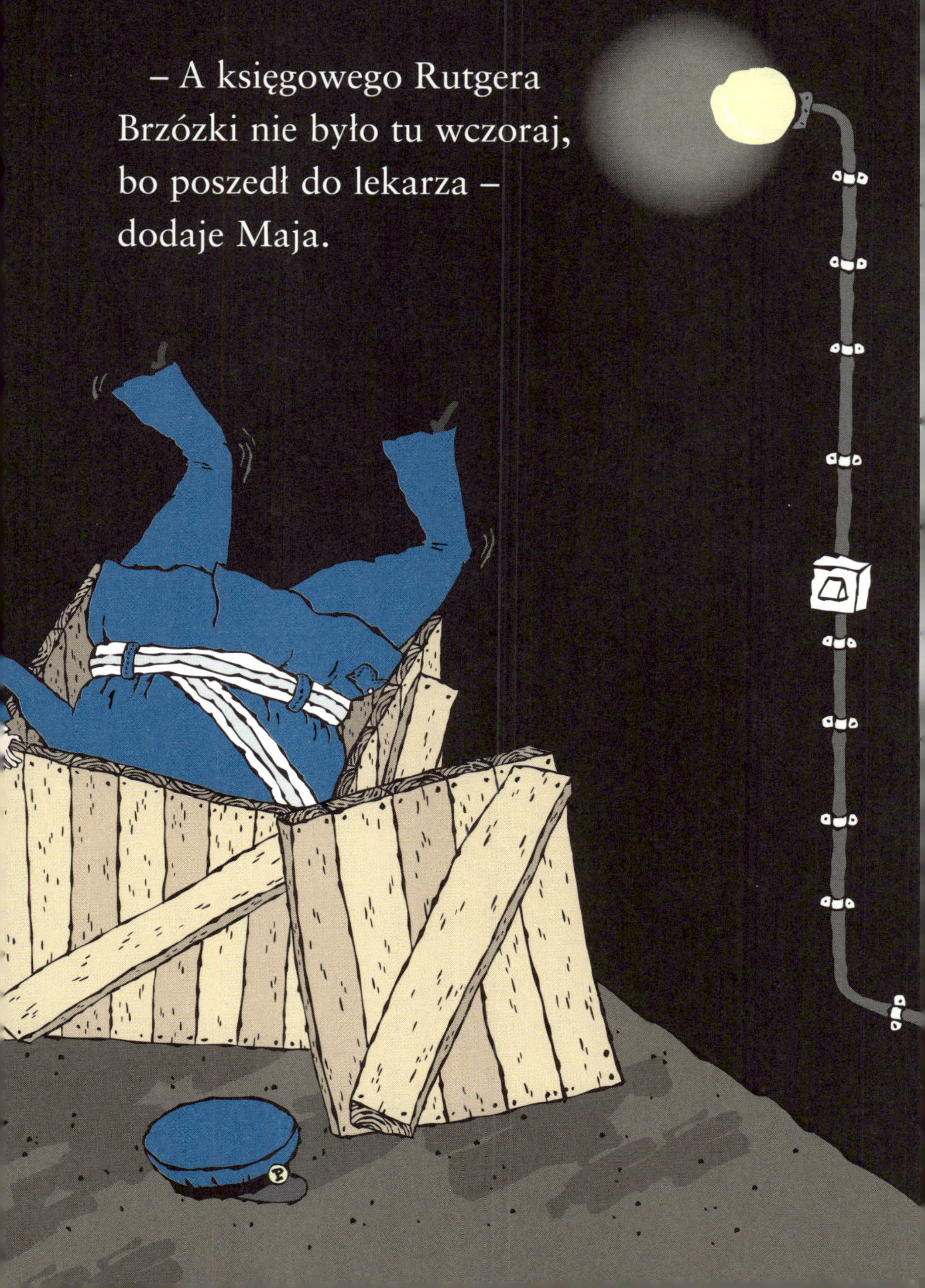

Maja i komisarz zamykają skrzynie i opuszczają skarbiec.

Lasse zdążył już w tym czasie narysować plan całego banku i kiedy Maja i komisarz wychodzą ze skarbca, patrzy w monitor.

– Maja, pomachaj do kamery! – żartuje Lasse.

– A gdzie ona jest? – pyta Maja.

– Tam, nad wejściem do banku – pokazuje Lasse.

Maja stoi w drzwiach do skarbca i macha do kamery. Lasse widzi ją na monitorze. Ale… widzi tylko kawałek Mai. Kiedy do niego macha, na monitorze nie widać jej prawej ręki. Lasse patrzy na kamerę na ścianie. Czyżby była źle ustawiona?

– Zostań tam! – woła Lasse i na swoim

rysunku zaznacza, którą część drzwi do skarbca pokazuje kamera.

– Co robisz? – woła Maja do Lassego.

Komisarz podchodzi do Lassego i przygląda się jego rysunkowi.

– Idź teraz powoli zygzakiem do drzwi wejściowych – mówi Lasse do Mai, wpatrując się intensywnie w monitor.

Maja zastanawia się, co właściwie robi Lasse, ale wykonuje jego polecenie. Lasse śledzi ją na monitorze i równocześnie rysuje na kartce, w którym miejscu ją widać, a gdzie znika z ekranu.

– A niech to! – stojący za Lassem komisarz mruczy pod nosem. – Wygląda na to, że…

– Lasse, jestem już przy drzwiach! – woła Maja. – A może chcesz, żebym dla ciebie zatańczyła? Flamenco?

Maja tupie trampkami o podłogę.

– Maja, chodź, zobacz! – woła Lasse.

Na swoim rysunku Lasse zaznaczył dokładnie, którą część pomieszczenia pokazuje kamera.

– Patrz! – mówi. – Pas wzdłuż ściany od połowy drzwi do skarbca aż do drzwi wejściowych jest poza polem widzenia kamery. Jeśli złodzieje szli tędy, to nic dziwnego, że nie widać ich na filmie.

– Brawo, Lasse! – mówi Maja.

– Czyli ktoś mógł specjalnie przestawić kamerę – domyśla się komisarz.

Przy wejściu do banku stoją trzy krzesła dla oczekujących klientów. Komisarz podchodzi, bierze jedno z nich i stawia pod kamerą.

Już ma na nie wejść, żeby sprawdzić kamerę, kiedy nagle się cofa.

– Patrzcie, dzieci – mówi do Lassego i Mai i pokazuje na siedzenie krzesła.

Lasse i Maja podchodzą do komisarza i spoglądają na krzesło. Na zielonym materiale widoczne są dwa duże ślady butów.

– Myślę, że jesteśmy na dobrym tropie – mówi komisarz, kiwając głową.

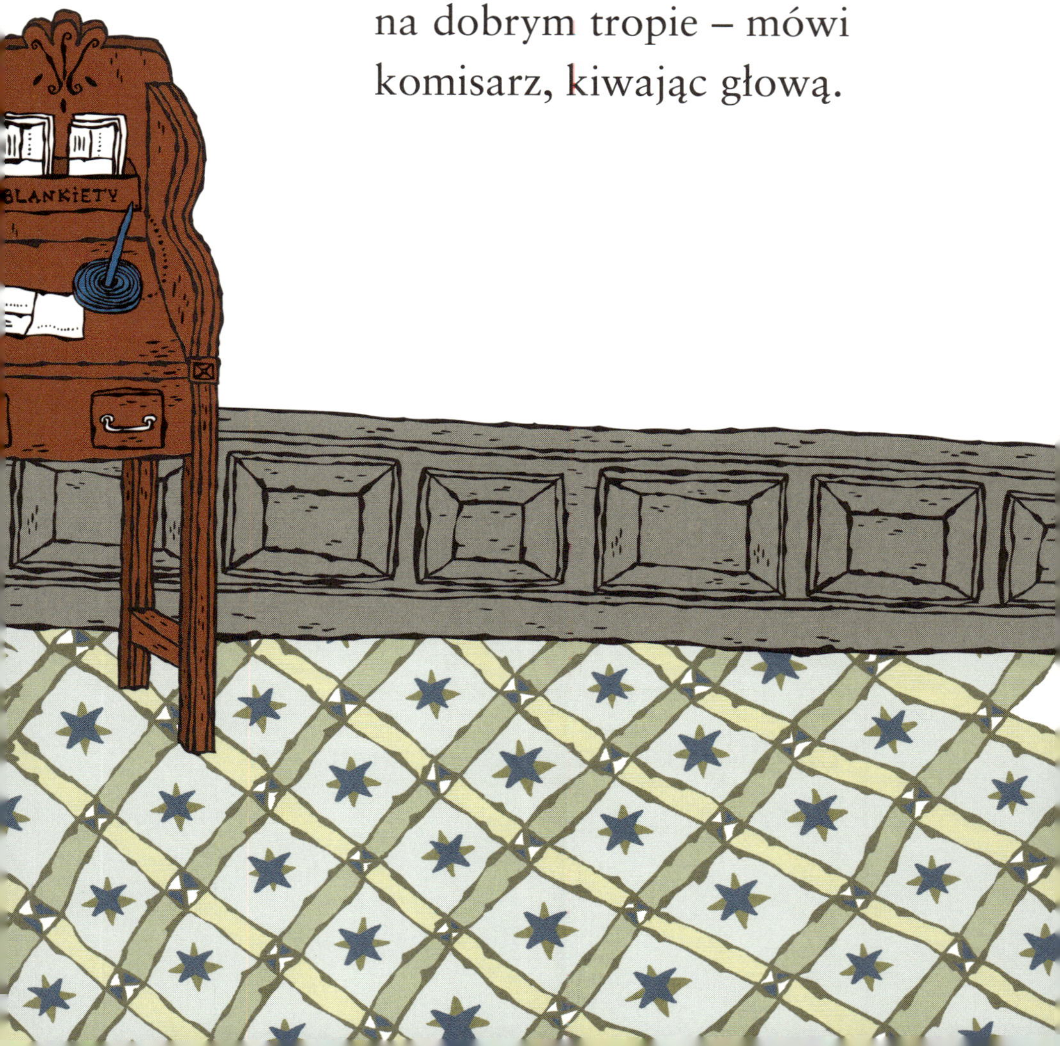

Rozdział 5

Zepsuta lodówka

Komisarz, Lasse i Maja wychodzą na ulicę przed bankiem. Na czystym błękitnym niebie świeci słońce i jest chyba tak samo gorąco jak wczoraj.

– Chodźcie, dzieci! Usiądziemy na chwilę w cieniu – proponuje komisarz i wskazuje drzewo po drugiej stronie ulicy Kupieckiej.

– To ja idę kupić coś do picia – mówi Lasse i skręca do Supersamu.

– Tylko żeby było zimne! – woła za nim komisarz.

Maja i komisarz siadają na trawie pod drzewem.

RYŻ 10 kg
RYŻ 10 kg
RYŻ
S S
PROMOCJA
RYŻ 19
S S
PROMOCJA
RYŻ 19
MIM 323
SMI 329
M
P

Komisarz poluzowuje krawat i pyta:

– Co wiemy?

– Że złoto o wartości ponad dziesięciu milionów koron zostało dziś w nocy skradzione z banku – zaczyna Maja.

– Co jeszcze? – pyta komisarz.

– Że ktoś przestawił kamerę i że w skarbcu jest o jedną skrzynię za dużo.

– I nawet gdybyśmy wiedzieli, kim są ci, którzy ukradli złoto, nie odważylibyśmy się ich ścigać…

Co wiemy? 1 2 3 4

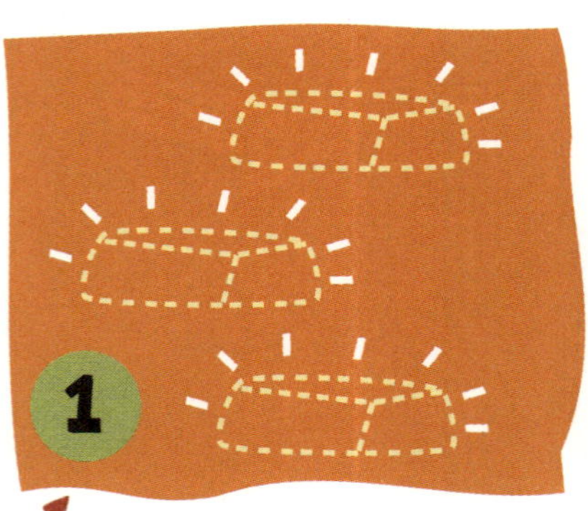

Skradziono złoto o wartości ponad 10 mln koron

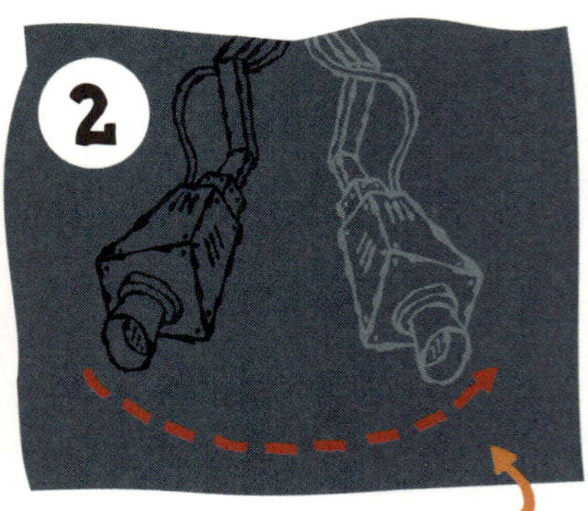

Ktoś przestawił kamerę

– …bo złodzieje zagrozili, że zakładnikom stanie się coś złego – kończy Maja. – Oj, Maria, Per i Rutger muszą być teraz przerażeni. Ale najdziwniejsze jest to…

– Co takiego? – pyta komisarz.

– …że drzwi nie były otwierane przez całą noc. Choć przekręcono trochę kamerę, to na filmie widać, że drzwi nie zostały otwarte.

– A mimo to złoto zniknęło – mówi komisarz i macha do Lassego, który wychodzi właśnie z Supersamu.

W skarbcu jest o jedną skrzynię za dużo

Pracownicy są zakładnikami i grozi im niebezpieczeństwo

Lasse przechodzi przez ulicę. W rękach niesie trzy butelki. Nagle zatrzymuje się… na samym środku jezdni! Jakiś kierowca trąbi na niego wściekle i Lasse aż podskakuje.

– Lasse, co ty wyprawiasz? – pyta Maja, kiedy Lasse dociera pod drzewo. – Poraziło cię słońce?

– Raczej olśniło... – mówi powoli Lasse.

Podaje Mai i komisarzowi butelki z napojem. Komisarz od razu otwiera swoją i zaczyna pić. Po paru łykach mówi:

– Dobre, ale niespecjalnie zimne...

– No właśnie – mówi Lasse. – Ciepły napój... Może tu kryje się odpowiedź.

Komisarz i Maja patrzą na Lassego, niewiele rozumiejąc.

– O co ci chodzi? – pyta komisarz. – W jaki sposób ciepły napój i dwieście pięćdziesiąt kilogramów skradzionego złota mogą mieć ze sobą coś wspólnego?

– Sprawdzałem butelki w lodówce w sklepie. Wszystkie były ciepłe. Zapytałem ekspedientkę,

czy nie ma zimniejszych. A ona odpowiedziała, że w nocy zepsuła się lodówka.

– Nadal nie rozumiem, co to ma wspólnego z kradzieżą złota – mówi Maja.

– Ja też nie! – Komisarz wypija resztę napoju ze swojej butelki.

– No więc – odpowiada Lasse – ekspedientka przepraszała, że nie mają zimnych napojów, bo w nocy zepsuła się lodówka, a oni w nocy nie pracują.

– No pewnie, że nie – mówi Maja, w dalszym ciągu nie rozumiejąc, o co chodzi Lassemu.

– Wtedy pomyślałem, że niewiele jest miejsc, w których pracuje się w nocy – mówi Lasse. – W szpitalu, to jasne, albo w straży pożarnej, ale nigdy w…

I wtedy do Mai dociera! Podskakuje i woła:

– Lasse, jesteś genialny! Teraz rozumiem, kto ukradł złoto.

– Rozumiesz? – pyta zdziwiony komisarz. – Lasse, ty też wiesz, kto to był?

Lasse potakuje i mówi:

– Tak mi się wydaje.

Rozdział 6

Niespodzianka w skrzyni

Komisarz patrzy z niedowierzaniem na Lassego i Maję.

– Nie rozumiem – mówi. – Skąd wy dwoje możecie już wiedzieć, kto ukradł złoto? Przecież tylko siedzieliśmy tu sobie pod drzewem i rozmawialiśmy.

– Czy mogę zobaczyć list, który zostawili złodzieje? – prosi Lasse.

Komisarz wyjmuje kartkę z kieszeni munduru. Lasse czyta na głos:

ZABRALIŚMY ZŁOTO,
A PRACOWNICY SĄ NASZYMI
ZAKŁADNIKAMI! NIE ŚCIGAJCIE NAS,
BO WTEDY…!

– Pytanie brzmi: k i e d y – mówi Lasse.

– Co k i e d y? – nie rozumie komisarz.

– K i e d y złodzieje wzięli zakładników – wyjaśnia Lasse.

Komisarz milczy przez dłuższą chwilę, aż w końcu i on pojmuje.

– Co za bezczelność! Przecież w nocy w banku nikt nie pracuje! Ale daliśmy się nabrać! Oni wcale nie są zakładnikami!

Lasse i Maja uśmiechają się do siebie.

– Sami widzieliśmy, jak dyrektor i szefowa ochrony opuszczali wczoraj wieczorem bank. To kiedy niby mieli zostać porwani?

– A księgowego przecież w ogóle tu nie było – mówi komisarz. – Był u lekarza. Ale czekajcie! Trzeba to sprawdzić!

Komisarz wyjmuje z kieszeni telefon i wybiera numer.

Po krótkiej rozmowie wkłada komórkę z powrotem do kieszeni.

– Rutger Brzózka n i e b y ł wczoraj w przychodni – mówi komisarz.

– Podejrzewam, że był o wiele bliżej nas, niż przypuszczaliśmy – mówi Maja.

– Jak to? – pyta komisarz. – Co masz na myśli?

– Coraz bardziej wydaje mi się – mówi Lasse – że złoto zostało skradzione przez troje pracowników banku: dyrektora Pera Krage, szefową ochrony Marię Gonzales de la Cruz i księgowego Rutgera Brzózkę. Wszystko to razem zaplanowali i przeprowadzili.

– A księgowy siedział w tej drugiej skrzyni! – mówi Maja. – Włos, który znalazłam, musiał należeć do niego. Był siwy, więc pochodził od starszej osoby.

– Dokładnie tak – potwierdza Lasse. – Przecież księgowy podobno narzeka, że posiwiał od tych wszystkich rachunków.

– To dlatego dyrektor był tak zdenerwowany, kiedy Maria Gonzales wwoziła skrzynie do skarbca! – mówi komisarz. – W jednej z nich siedział Rutger Brzózka! A Krage udawał, że obawia się kradzieży złota.

Co za bezgraniczna bezczelność! Koniec przerwy, dzieci! Do roboty!

Lasse, Maja i komisarz podnoszą się z trawy. Komisarz znowu wyjmuje telefon.

– Muszę to zgłosić do centrali. Wiemy już przecież, kogo szukamy.

Komisarz dzwoni i opisuje troje podejrzanych. Potem chowa telefon do kieszeni i zaciera ręce.

– Zobaczycie, wkrótce wpadną! – mówi zadowolony. – Długie ramię sprawiedliwości potrafi być czasem bardzo długie – żartuje.

Ale Lasse i Maja patrzą na siebie bez przekonania. Ciągle jeszcze brakuje wielu części tej układanki.

– Nadal czegoś tu nie rozumiem – odzywa się Maja. – Dlaczego napisali, że zostali wzięci jako zakładnicy?

– Oczywiście, żebyśmy ich nie śledzili – wyjaśnia komisarz. – Chcą odjechać jak najdalej ze złotem, zanim rozpocznie się pościg.

– No tak, ale przecież musieli podejrzewać, że możemy nie dać się nabrać – mówi Lasse. – Przecież wiemy, że nie pracują w banku w nocy.

– Sądzili pewnie – domyśla się Maja – że kradzież zostanie odkryta o wiele później, w ciągu dnia. I że uwierzymy, że zostali porwani rano. Ale dzięki właścicielowi sklepu zoologicznego od razu wiedzieliśmy, że kradzieży dokonano nocą.

Lasse przytakuje i razem z Mają i komisarzem idzie w kierunku banku.

Rozdział 7

Uwaga, nagrywamy!

Kiedy wchodzą do banku, komisarz nagle zatrzymuje się w wejściu.

– Ale my dalej nie wiemy, jak złoto mogło wydostać się ze skarbca przez zamknięte drzwi!

Lasse wyjmuje swój notatnik i przygląda się rysunkowi banku. Potem wydziera z notatnika małe kawałki papieru. Układa je na podłodze tak, żeby odgraniczyły tę część banku, którą filmowała w nocy kamera monitoringu.

– Spróbujmy zrekonstruować przestępstwo – mówi.

– Co takiego? – pyta Maja.

– Odtworzymy przebieg zdarzeń – mówi Lasse – żeby zobaczyć, jak zachowywali się złodzieje. Maja, ty będziesz księgowym, który chowa się w skarbcu. Przymknij drzwi od środka, żeby było tak jak w nocy.

– A co ja mam robić? – pyta komisarz.

– Pan będzie sprawdzał, czy uda mi się utrzymać poza polem widzenia kamery – wyjaśnia Lasse. – Ja będę dyrektorem banku. Spróbuję przejść pod ścianą i otworzyć drzwi do skarbca tak, żeby mnie nie było widać na monitorze.

Komisarz wchodzi za pulpit i naciska guzik, który uruchamia kamerę nad drzwiami. Maja wchodzi do skarbca i ostrożnie próbuje przymknąć ciężkie drzwi.

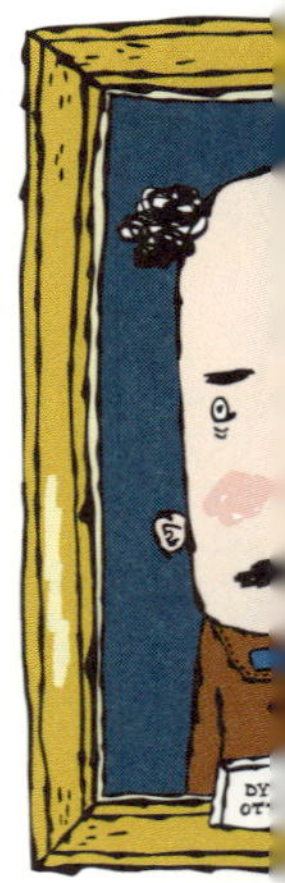

– Uważaj, Maja – woła Lasse – żebyś całkiem nie zamknęła drzwi! Jeśli się zatrzasną, będziesz musiała siedzieć w środku, dopóki dyrektor Per Krage nie zostanie schwytany, bo tylko on ma klucz i może je otworzyć.

– Okej – mówi Maja i zostawia szparę w drzwiach, żeby móc przez nią podglądać.

– Uwaga, nagrywamy! – śmieje się komisarz.

Lasse staje pod kamerą przy wejściu.

– Widać mnie? – pyta.

DYREKTOR BANKU
BO EK 1922 - 1939
DYREKTOR BANKU
NILS LIND 1947-1971
2006
Lipiec
12
BRUNONA
DYREKTOR BANKU
ELSA ASK 1919-1922
DYREKTOR BANKU
STIG SKOG 1940-1946

Komisarz patrzy na monitor i kręci głową. Lasse zaczyna przesuwać się wzdłuż ściany w kierunku skarbca. Uważa, by nie przekroczyć paska białych papierków ułożonych na podłodze.

– Nadal jesteś niewidoczny! – woła komisarz.

Maja wygląda przez szparę w drzwiach. Widzi, jak Lasse przechodzi pod ścianą, zbliża się do skarbca i wyciąga rękę, udając, że chce otworzyć drzwi.

– Teraz cię widzę! – woła komisarz.

Lasse cofa rękę i kładzie się na podłodze. Czołga się do drzwi i próbuje od dołu dosięgnąć zamka.

– Znowu cię widzę! – woła komisarz zza pulpitu.

Lasse wstaje, kręcąc głową.

– Nie da się niezauważenie włożyć klucza do zamka – wzdycha. –

Nie rozumiem, jak to zrobili! Jak, u licha, udało im się wydostać złoto?

Maja przygląda się obu skrzyniom w skarbcu. Wzdryga się na myśl o tym, że w jednej z nich siedział księgowy i czekał na kradzież złota. I że w drugiej było złoto za wiele milionów koron, które teraz zniknęło.

Maja rozgląda się po skarbcu. Jej wzrok pada na zwój szarego płótna leżący wysoko na szafie pancernej.

Maja przysuwa do szafy jedną ze skrzyń i na nią wchodzi. Wyciąga rękę i udaje się jej chwycić zwój. Trzymając go za jeden koniec, rozwija materiał.

Oczy robią jej się wielkie jak spodki, kiedy widzi, co trzyma w ręce! Natychmiast dociera do niej, jak doszło do kradzieży!

124
123
128
122
127
121
126
125
131
130
129
133
136

– Lasse! Komisarzu! – woła. – Już wiem, jak to zrobili! Wiem, jak ukradli złoto!

Zupełnie zaskoczona swoim odkryciem Maja robi krok w tył i trafia na brzeg skrzyni. Traci równowagę i leci bezwładnie w dół. Rozkłada ręce, żeby się czegoś chwycić i… z hukiem zatrzaskuje drzwi do skarbca.

– Nie, Maja! – krzyczy Lasse po drugiej stronie, kiedy widzi, co się stało.

– Do pioruna, do ciężkiego pioruna! – woła komisarz.

Podbiega do drzwi i szarpie za nie z całej siły, próbując je otworzyć.

– Teraz musimy odnaleźć dyrektora, bo tylko on ma klucz! – mówi Lasse.

– Ale co powiedziała Maja, zanim drzwi się zatrzasnęły? – pyta komisarz.

– Że wie, jak oni to zrobili! Jak ukradli złoto! – mówi Lasse przez zaciśnięte zęby.

ROZDZIAŁ 8

Zdolna dziewczyna

Maja!!! – krzyczy Lasse najgłośniej, jak potrafi, ale ze skarbca dochodzi go tylko stłumiony głos.

– Drzwi są za grube – wzdycha komisarz.

– Biedna Maja – mówi Lasse. – Musi się strasznie czuć zamknięta w skarbcu!

– Trzeba wezwać ślusarza – mówi komisarz. – Chociaż nie przypuszczam…

W tym momencie na ulicy ktoś trąbi. Lasse i komisarz wyglądają zdziwieni przez okno banku. Przed budynkiem stoi laweta, a na niej samochód osobowy.

Za lawetą stoi radiowóz policyjny. Lasse i komisarz wychodzą, żeby sprawdzić, co się dzieje.

Z radiowozu wyskakuje młody policjant i salutuje komisarzowi.

– Komisarz Randolf Larsson? – pyta.

– Zgadza się – odpowiada komisarz i podnosi rękę do czapki.

– Dużo o panu słyszałem – mówi policjant.

– Tak? To miłe. Ale co pana sprowadza do Valleby?

– Mam w samochodzie parę osób, które chyba bardzo chce pan spotkać – mówi młody policjant i pokazuje palcem w kierunku auta.

Komisarz i Lasse zaglądają do radiowozu. Siedzą tam szefowa ochrony Maria Gonzales de la Cruz, dyrektor banku Per Krage i mężczyzna z siwymi, kręconymi włosami, który zapewne jest księgowym Rutgerem Brzózką.

Wszyscy wyglądają na wściekłych, a na rękach mają kajdanki.

– Znaleźliśmy ich na autostradzie. Złapali gumę w tylnym kole. Kiedy przejeżdżaliśmy obok nich, układali sztabki złota na poboczu. Musieli je wyjąć z auta, bo koło zapasowe leżało na dnie bagażnika – opowiada policjant.

– Fantastycznie – mówi komisarz. – Jeśli pan pozwoli, to chciałbym ich na chwilę pożyczyć.

Komisarz otwiera drzwi samochodu i pomaga złodziejom wysiąść.

– Złoto jest nadal w bagażniku – mówi policjant. – Zaniesiemy je z powrotem do skarbca?

– Najpierw musimy go otworzyć – odpowiada komisarz i wkłada rękę do kieszeni marynarki dyrektora.

Wyjmuje z niej pęk kluczy i szybkim krokiem idzie do skarbca. Próbuje paru z nich, zanim trafia na właściwy. Drzwi do skarbca otwierają się i ze środka wybiega Maja, trzymając w ręku zwój szarego materiału.

– Wiem, jak to zrobili! – krzyczy. – Patrzcie…

Maja jest tak rozgorączkowana, że nie zauważa, że nie są już w banku sami.

– Zawiesili to przed drzwiami!

Maja rozwija szare płótno, stojąc przed drzwiami do skarbca. Komisarz i Lasse wstrzymują oddech, bo na płótnie namalowane są... drzwi do skarbca. Wyglądają dokładnie tak, jak prawdziwe.

Maja sprawdza futrynę nad drzwiami skarbca i tak, jak się spodziewała, znajduje gwoździki, na których zawieszono materiał.

– Prawdziwe drzwi nigdy nie zostały zamknięte – mówi Maja. – A na filmie z monitoringu nie widać różnicy między drzwiami z materiału a prawdziwymi!

– *Caramba*! Zdolna dziewczyna! – wykrzykuje Maria Gonzales de la Cruz. – Jestem pod wrażeniem!

Maja odwraca się szybko i patrzy zaskoczona na szefową ochrony i dwóch pozostałych złodziei.

– To *tym* się pani zajmowała, kiedy zaglądałam do banku przez okno – mówi Maja.

– A potem do środka wszedł dyrektor, żeby zamknąć drzwi do skarbca – mówi zdziwiony komisarz.

– Ale nie widzieliśmy, czy rzeczywiście to zrobił – mówi Lasse – bo byliśmy całkowicie pochłonięci oglądaniem przedstawienia flamenco. Nie zauważyliśmy też, że przestawił kamerę nad drzwiami. Jedyne, co zobaczyliśmy, to odciski jego butów na krześle.

Lasse pokazuje na duże stopy dyrektora.

– No tak – mówi komisarz powoli. – Sprawdźmy, czy dobrze wszystko zrozumiałem. To dość zawiła sprawa.

Bierze głęboki oddech i zaczyna:

– Kilka minut przed szóstą wieczorem do banku przyjeżdżają dwie skrzynie.

Przebieg zdarzeń

1. Skarbiec
2. Skrzynia ze złotem
3. Skrzynia z Rutgerem
4. Drzwi skarbca
5. Drzwi z materiału
6. Sala bankowa
7. Kasa
8. Kamera
9. Drzwi wejściowe
10. Samochód

Szefowa ochrony wwozi je do środka. W jednej jest dwieście pięćdziesiąt kilogramów czystego złota. W drugiej schowany jest księgowy. Strażniczka wiesza ten materiał nad drzwiami skarbca i wychodzi na ulicę do dyrektora.

Komisarz odchrząkuje i mówi dalej:

– Dyrektor wchodzi do banku i udaje, że zamyka drzwi do skarbca, a zanim opuści lokal, przestawia kamerę tak, żeby filmowała tylko połowę drzwi. W nocy dyrektor i szefowa ochrony wracają tutaj, a księgowy wychodzi ze swojej skrzyni w skarbcu. Ale jednego nie rozumiem... Kamera i tak uchwyciłaby kogoś, kto wychodzi ze skarbca?

– Przypuszczam, że księgowy klęczał za drzwiami i sztabka po sztabce podawał złoto pod tą częścią materiału, której nie obejmowała kamera. Prawda? –

mówi Lasse i patrzy na księgowego Rutgera Brzózkę.

Księgowy potakuje i wlepia wzrok w podłogę.

– A tu, po drugiej stronie materiału, poza zasięgiem kamery, stali strażniczka i dyrektor i odbierali sztabki, a następnie zanosili je do samochodu – mówi Lasse. – A kiedy wybiła ósma, Rutger mógł zdjąć materiał, zwinąć go i opuścić skarbiec.

– I jeszcze zostawiliście list z informacją, że jesteście zakładnikami rabusiów –

mówi komisarz i grozi trojgu złodziei
palcem. – Nieładnie, naprawdę się
o was martwiliśmy!

Drzwi do banku otwierają się i do środka wchodzi policjant, niosąc dwie sztabki złota.

Kiedy w końcu wszystkie sztabki są z powrotem w skarbcu, komisarz zamyka go na klucz i mówi:

– Czas na spacer do aresztu!

Lasse i Maja stoją jeszcze chwilę przed bankiem i odprowadzają wzrokiem komisarza i złodziei.

– I pomyśleć, jak niewiele brakowało, żeby uciekli ze złotem – mówi Lasse.

– I co by się wtedy stało ze mną!? – mówi Maja i pomimo upału dostaje gęsiej skórki.

– Praca detektywa niesie ze sobą pewne niebezpieczeństwa – mówi Lasse wesoło. – Ale teraz idziemy popływać, co ty na to?

– Okej – zgadza się Maja. – Dobrze będzie się ochłodzić po tym wszystkim.

Nazajutrz mieszkańcy Valleby mogą przeczytać w gazecie o tym, co zdarzyło się w banku w czasie tych gorących lipcowych dni:

Skradzione złoto odnalezione

Młodzi detektywi Lasse i Maja po raz kolejny pomogli organom ścigania w walce z przestępczością.

Tym razem z banku zniknęło 250 kilogramów czystego złota, a jego pracownicy rzekomo zostali porwani.

„To była dość paskudna sprawa", przyznaje komisarz policji.

Jednak dzięki sprytowi detektywów, zepsutej lodówce i przebitej oponie złodzieje zostali w końcu złapani i oddani w ręce policji. (*GV*)

Biuro Detektywistyczne
Lassego i Mai

Lasse i Maja wyjaśniają wiele niezwykłych tajemnic. Oto książki, w których możesz o nich przeczytać:

Chcesz tropić przestępców razem z Lassem i Mają?
Sięgnij po **Detektywistyczne łamigłówki Lassego i Mai**
pełne krzyżówek, labiryntów, szyfrów, zagadek i rebusów!

Chcesz się dowiedzieć, jak poznali się Lasse i Maja
oraz sprawdzić, ile wiesz o mieszkańcach Valleby?
Chcesz zbierać odciski palców, rysopisy oraz inne
ciekawe informacje o swoich kolegach i koleżankach?
Możesz to zrobić w **Pamiętniku detektywa**!

Tom specjalny
z opowiadaniem
detektywistycznym
oraz mnóstwem
zadań i zagadek:

Tom specjalny
z czterema
sztukami
do wystawienia
na scenie:

A już niebawem kolejne tajemnice...

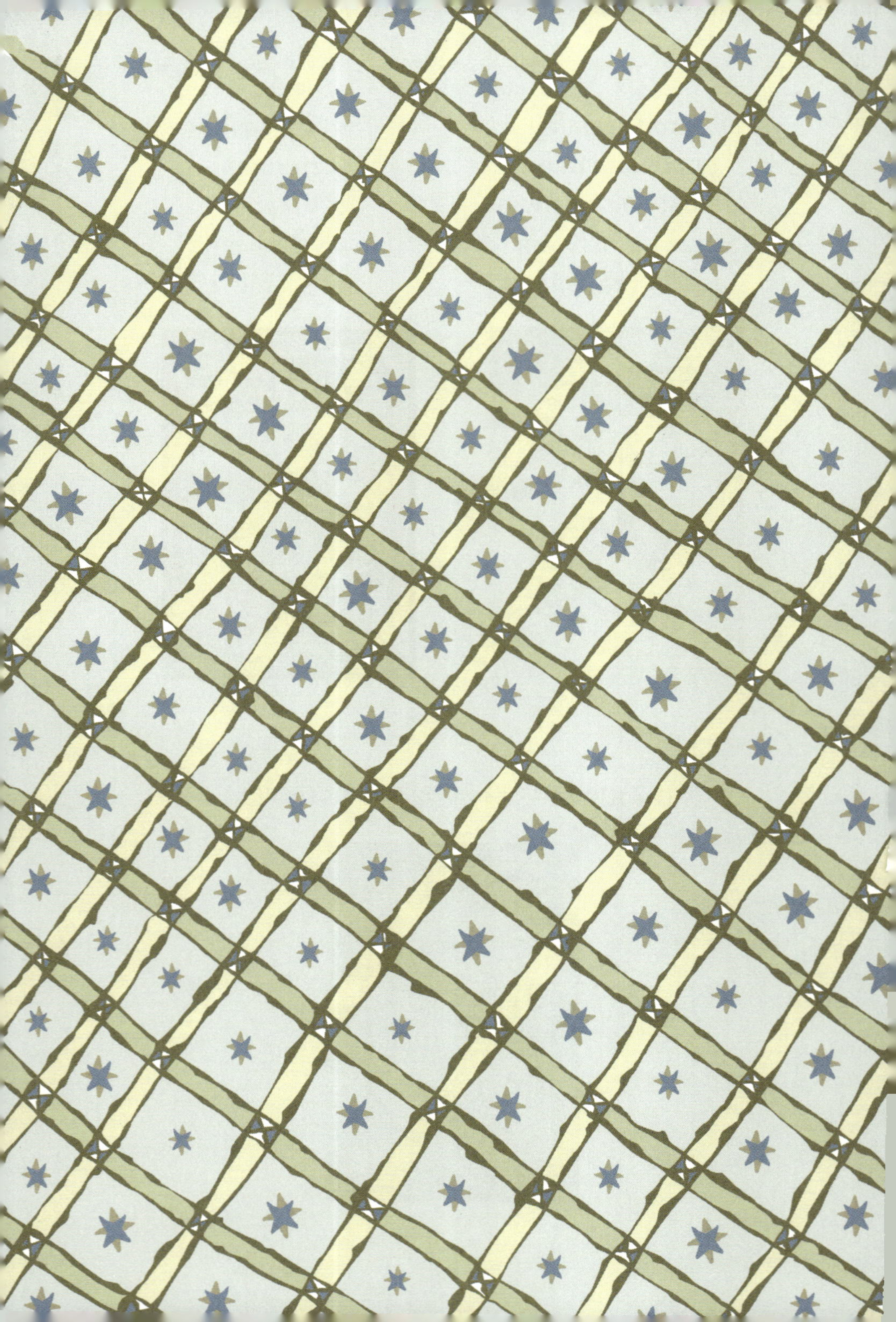